療癒系詩集 1

撫觸靈魂 風的風衣

Touching your Soul , the Windbreaker of the Wind

By Hsiao Hsiao

詩：蕭蕭　圖：北七強

新世紀美學 出版

sound

獻給　受傷而依然堅強的心靈

1

撫觸靈魂　風的風衣

我是模仿空氣流動的姿勢前進
這樣容易抵達
你深沈的那一處焦慮
雖然你的需氧量很小
彷彿蜂蝶蚊蠅

2

撫觸靈魂　風的風衣

生活有生活的侶伴
靈魂卻堅持
自己選擇友朋

門有門栓
窗子挑了一面沒人看懂的風景

3

撫觸靈魂　風的風衣

一輛車無端停在門口
不會是社會新聞

風和雲
從來鋪不出排不來
巨型的鍊長型的鎖

4

撫觸靈魂　風的風衣

Kiwi 是長羽毛的好水果
鳳梨比較失落，他也長
長得很長

——除了長住八卦山腳的人
很少眼睛願意相信
羽毛的堅硬和振幅不起衝突

Rêveire

5

撫觸靈魂　風的風衣

雞蛋從不羨慕奇異果的絨毛
破殼後，他知道
他會有可以振動的翅膀

那時，奇異果只能飛到樹枝上
帶著可笑的遮羞的葉子
也帶著絨毛

Sound

6

撫觸靈魂　風的風衣

如果他忘了你的名字
應該，他也曾經慎重地記住
只是現在，彼此不再虧欠

比起他人，要是他一直記得你
顯然是，你忘了
某一世那個雷電的夜晚
他是那一排菩提樹的第三棵
你只為他誦了兩遍心經
就衝進了僧寮
雷跟著電　緊緊跟著來

7

撫觸靈魂　風的風衣

沒有人完整看見
一顆完整的心碎了的樣子
但是很多的人都曾完整感覺
那個歷程
有的人快，有的人慢
但是沒有人說得清楚
心碎快一些　好
還是　慢
一些

而我是那個不快不慢的人
當然，應該也沒有人能做見證
關於心碎

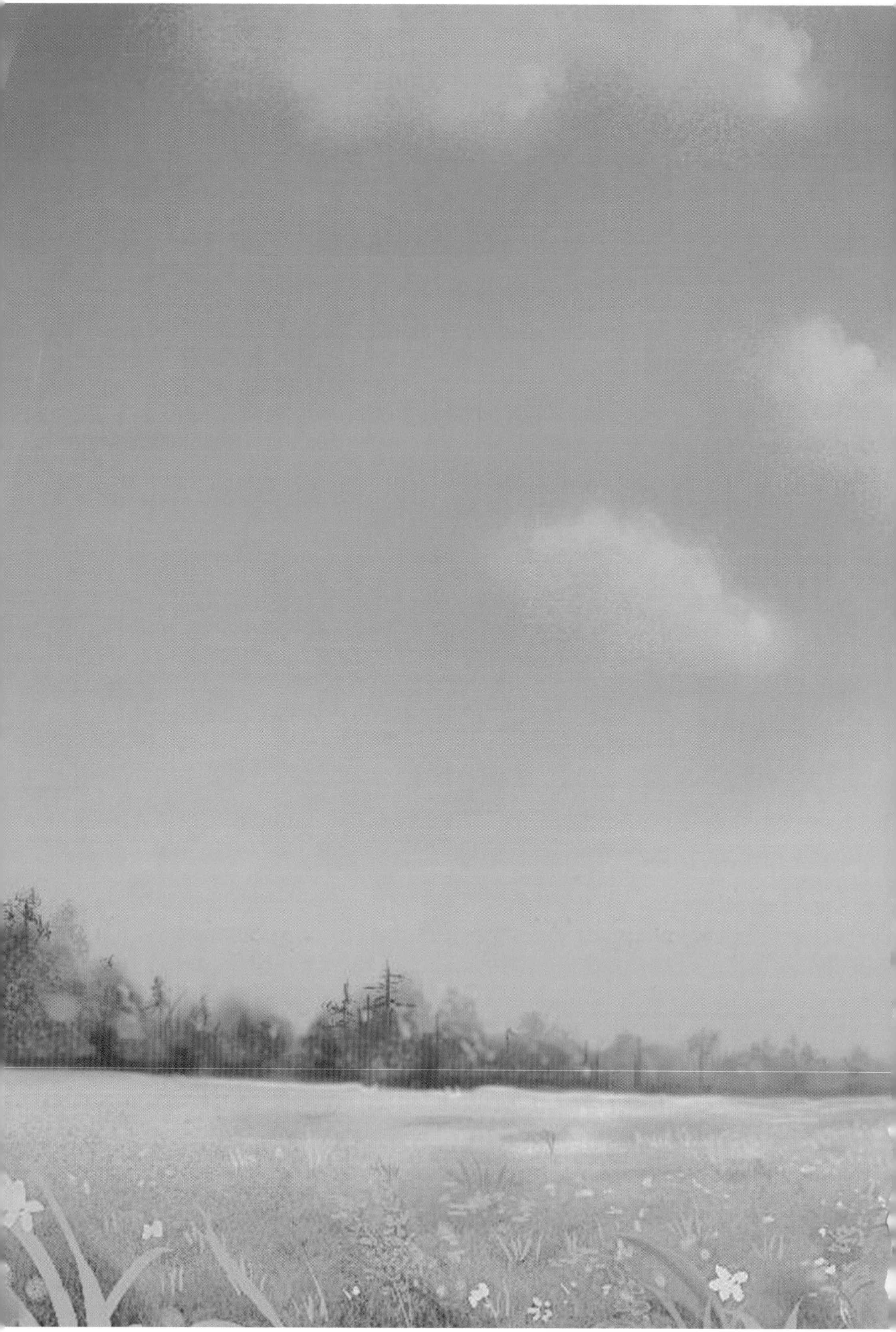

8

撫觸靈魂　風的風衣

一顆星殞落的速度
應該比心碎快
至少比我出手，不，出聲
快
從來沒有一次出聲
我能成功挽救一顆流星

9

撫觸靈魂　風的風衣

只不過是芮氏六級的地震
很多書就從架子上
摔落下來

我還是不要說「愛」那個字
到底有幾種繽紛

10

撫觸靈魂　風的風衣

古人喜歡說
一言既出駟馬難追
緊緊按住駟馬的韁繩
我的話即使奔騰二十五史三十六紀也要直抵你的心扉
不許追回
當然我也不許自己
追悔

11

撫觸靈魂　風的風衣

暢飲了文字的香檳
所以他笑得連雷聲也害羞

只不過解開了一條細縫
他的靈魂卻旋　我靈魂的黑洞

12

撫觸靈魂　風的風衣

路，一條條翻過高山峻嶺
高鐵，一條條飛越大河長溪
不是，絕對不是為了方便　你
和我的分離更加容易

Line 是線，卻不讓你看見
Face 是臉，卻不是真正那張臉
不是，絕對不是為了方便靈與魂容易團圓

13

撫觸靈魂　風的風衣

站在山巔
獨自我面對夜的廣大黑幕
細緻地一度一度的自轉
360 度或者更多度以後
所有的燈光都有你在自轉
所有自轉的你都是遠方

所有自轉的你都是遠方
無所謂東　無所謂西
無所謂南　無所謂北
分不清溪與河

濁水溪與淡水河
分不清蕩與湯
蘆花蕩與蓮花湯

所有的遠方都是虛空
無所謂的東之東是虛空
無所謂的西之西是虛空
無所謂的南之南是虛空
無所謂的北之北是虛空
無所謂的北之東是虛空
所有的虛空之外還是虛空

所有的虛空之外的虛空
都有一個自轉的你在虛空中

14

撫觸靈魂　風的風衣

你應該求　空
求自己一絲不掛一無所有
你卻一無所求

你應該求　有
求自己有所求有所應
你卻一無所求

你，一無所求
祂，無所不應
你，終於有了一個我

15

撫觸靈魂　風的風衣

我不會希望在你的眼底看見
風過草原的曲折路線
也未必希望在你的舌底
翻攪未悟之前的苔蘚

何必是金黃的光芒？
陽光輕輕灑落
我的骨骼就有了輕鋼架的結構

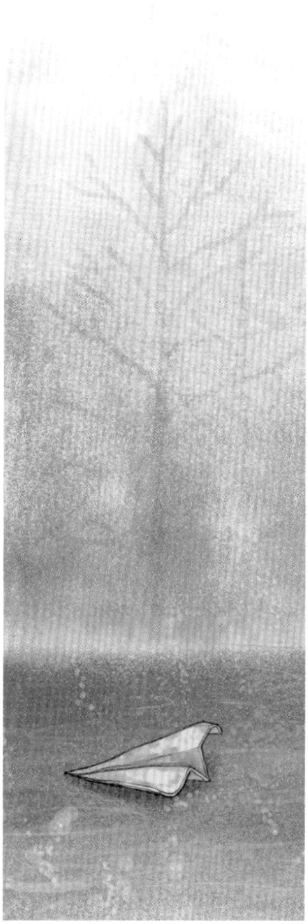

16

撫觸靈魂　風的風衣

去過天堂的人都沒有回來敘說
天堂的豐盈
誰能在無聲處聽見雷鳴？

寂寞時誰真能瞪大眼睛
看清寂寞的大小與身影
分崩離析這一角
尋出屬於我的卯眼、你的卡榫、
我們的熱能？

17

撫觸靈魂　風的風衣

那真是我的腳沒到過的山隈水曲
悸動卻如風隨形
隔世的記憶清晰些
還是因為 DNA 攜帶的遺傳因子量多？
淡淡柑橘味，淡淡
是淡淡鴨屎香

不知道風塵裡的身影
接近夢，或者接近想望
我憑著音聲追尋
最後那一長音
是輕輕，輕輕的
嘆息，是單純的鼾鳴？

從未現身的故里
從未現身的我

如何去辨識從未飄逸的髮香？
剛剛腫脹的胃
肥厚的黏膜
微微塞車的隧道、窄巷

南極的永夜，相對於北極的黑
更要相對於赤道
那種炎紅火熱
我不擅長在茶湯裡泅泳
那就可能在一聲嘖嘖的二十五年後尋思
且未必有得

沒有傷口呼痛
沒有西天的黃昏、東方的等待
沒有茶香
沒有豔紅或淡紫的花
沒有熟悉的調子或體味
我在你不在的瑟縮裡

18

撫觸靈魂　風的風衣

他有他的飯袋
我有我的詩囊
他有他珍惜的富貴夢
我有我苦行的山水仄徑羊腸
是府也是釜，是聖還是僧？
他有他的，啊，掀了天的旗鼓
我憑我自己
幾隻春夏螢、無數冰晶霜

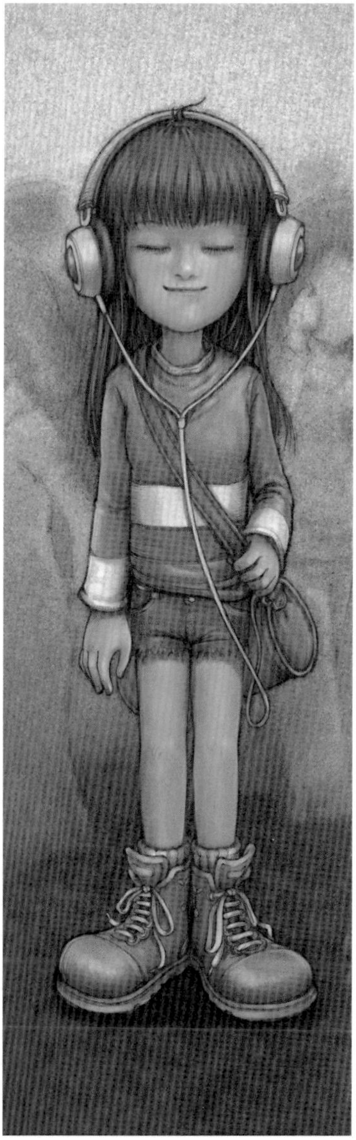

19

撫觸靈魂　風的風衣

你還仔細盯著我春葉的皮囊
夏日午後的水嫩
秋月的光滑
你還信得過我已經動搖的冬夜紗窗
擦身的香氣與愉悅

你還接納我三歲半的智慧
消失的敏銳？

那靈魂，那黃色的光暈
依然跟北半球的太陽同溫

20

撫觸靈魂　風的風衣

從那時，我不能確定的那時
太陽在天，雲彩在
水流在地，花在
稻穗豐美在田，稗子在
那時你認了這眼神
你就認了這眼神

那時，我應該是剛剛喝了一口酒的柳樹
隨風順，隨水也順
一天只喝一小口酒
順風順水，我

一株放鬆的垂柳
滿眼是無憂的草野，滿心無愁

「那時你就認了這眼神」
彷彿洪荒時代就篤定就確認的你的眼神這樣說
那時，太陽在，雲彩在
水流在，花在
稻穗豐美在，稗子在
一如此刻現在

21

撫觸靈魂　風的風衣

天空中那片雲，此刻我看得清楚
她沒有任何差遣在身
甚至於不必記掛遠在南天兒女群
　山間三個月小乖孫
暫時想也不想一直懸著的
　太陽出現他出現
月亮出現也出現的影子

天空中那片雲　心裡清楚
當她心中有重量
她會拉緊所有的親戚五什

連箭也羨慕的速度，奔赴傷痛
她會化成水薄膜輕輕裹覆
她會化成水分子輕輕滲入
她會是
月亮出現也出現　那影子

至於風和他的風衣，應該是在某處
沒有任何差遣，飄著

22

撫觸靈魂　風的風衣

你是爸爸，也是媽媽
誰能看清風和他的風衣
如何淡藍而趨近淺藍，淺藍而趨近蔚藍

你是蔚藍，也是大地
誰能辨清風和他的風衣
是風掀起風衣，還是風衣露出他的秘密

你是秘密，也是真實
誰能說清楚風、說清楚他的風衣
為何有了清涼，還要有遮蔽

你是遮蔽，也是詩
誰能理清風和他的風衣
誰是誰的裡，誰是誰的絢麗？

23

撫觸靈魂　風的風衣

那條路，你走過來的
哇的一聲啼
我不知道那時我在哪裡嬉戲

所有的茶都會轉涼
所有的漣漪都會回復成水
所有的葉子都會繫念自己的泥兄泥弟
所有的雲都會留很大的空很大的白很大的天　給你
所有的芽都會爆著笑著胡鬧著
所有的昆蟲都會蠕動大氣
所有的茶都會新沏

那條路，我要走過去的
哇的一聲號
誰也不知道風和他的風衣會在哪裡蒼老

24

撫觸靈魂　風的風衣

從傳奇小說轉世以後
我所能掌握的字詞不外乎
我的眉毛糾纏我的眼尾想你　我的繭糾纏我的花托
想你　我的未來
想我的夢

我的想，其實在這些字詞之外，飛～～
如你右眼所瞄而不輕蔑
風，一直在風衣之外，翔～～

25

撫觸靈魂　風的風衣

你在哪裡?風衣問風
風最擔心
最無法回答的問題
關於臉色識別、場域的辨析

給人方向，都要先給人指標
101 一出，風衣指向台北象山鼻
最怕空曠處，左鄰不在左側
右舍是空蕩蕩的廢墟
最怕忘了說出時間

我在宋朝，你去了大唐
我在 2050，你卻遇到伏羲

你在哪裡？風問風衣
我可以誠實的回答：我在你心裡嗎？
你的心至大如虛
含藏著我未來的愛和過去

26

撫觸靈魂　風的風衣

風吹樹梢，你看到了樹葉翻炒陽光
一定也會看到風吹過巨岩石　光影在偏移
風吹經頁，你聽到了經頁沙沙聲
一定也會聽到風轉經輪　轆轤日夜響不停

寬衣的，需要一絲風才寬那麼一寸衣
緊張的，一絲風才舒緩那麼一寸緊繃張力

船帆等待風起
船帆石等待潮水的漲落

老鷹也等待風起
蛇與紅豆等待命運的昇落
風醒轉，在你熟悉的夢裡
風也醒轉，在你不熟悉的草案裡

風在空中
風衣，就在色相裡
你在煙嵐氣韻中
我，就在吐納呼吸裡

27

撫觸靈魂　風的風衣

佛，時而趺坐大殿上
佛，時而跋涉在顛簸道上荊棘深處

風，時而裸露你懷中
風，時而密藏在我心思細膩計較時

28

撫觸靈魂　風的風衣

天，空了
我們看見純淨的藍
妹妹說：那叫做
天，晴了

我的心，晴了
你看見我的純淨
還是擔心著
我人生巨大的藍？

這些，關係著風
——無形的風，有形的
他的風衣？

Rêveire

29

撫觸靈魂　風的風衣

有人大聲喊著：無畏
人世間其實他正害怕著某種或某個
特定的　或濕生
或卵生
或胎生，或化生

三十天喊無畏
——他害怕著三十個日子
三百六十五天喊無畏

——他們恐懼整整一年

風，默默吹拂天空、星空
峻嶺高山都不是遮攔
不是阻攔
但他不能說：萬歲，大無畏
因為他有一件自己的風衣

30

撫觸靈魂　風的風衣

花，（或發聲或不發聲）植物的笑
總是寫成草字頭或者木字邊
不開在草叢間
就綻放高樹巔

——跟人比臉俏的是桃花
——跟李白比白的是木子李
——跟樓房比紅比高敞，四月的木棉
——油桐，以木為部首

——在亞熱帶的半山腰為人帶來清涼意
——細碎的是茉莉
——張狂的是杜鵑
——向日的葵，含蓄的薔薇

有的枝條葳蕤
　或者不免枝枯葉萎
無一不是頂艸為天
或者立木在側　偶爾做了些革變

唯有「玫瑰」是玉琢的
與瓊瑤、與珊瑚
與珪璋、與琉璃
同寫芬芳的永恆詩

風過時
他們來不及披上自己的風衣
木石盟，金玉盟，勝利者聯盟
都化作紅樓一場夢——塵灰——泥

風再過
他們不用披上自己的風衣
從遙遠的泥中
綻啟玉質的笑，笑向枝頭

31

撫觸靈魂　風的風衣

所有的花卉如落葉，一如微笑似心酸
無可豁免的　落
落入因果
「花落花又綻，花綻花又落」的因果

而飄移的風最清楚
西北西，或者東南之南
性鹼或者性酸
質硬或者質軟

那岩石土質，那風向
改變了最後的果
近的，維繫著人類也相近的
近鄉的　情怯怯
遠的
或隨流水，有遠方的恐懼與喜悅
　那是非直線的深入——墨色、不可知的遠方
或隨動物腔腸，飛的禽、走的獸
或岩上攀爬、或林內鑽探
　　或溪洲飄浮、或山穴蟄伏
所有這些紛呈的現象
八方、八萬方、八千萬方

逸了散，散了逸
彷彿在雲罩霧罩裡

近的因　遠的果
遂也跟著遠了、昧了
彷彿雲罩霧罩　遠方的篝火

而你，受過傷的沉香
在結疤的地方沉著氣、實著體
香著自己
千年萬世，不昧地看著
近的因、遠的果
香著自己

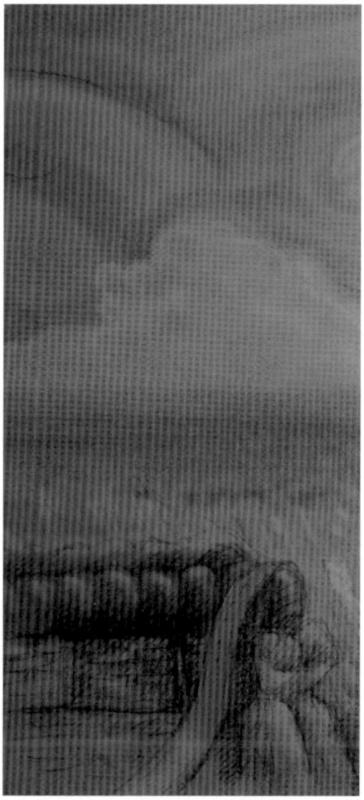

32

撫觸靈魂　風的風衣

芝蘭會不會修道立德，在無人的山谷？
佛殿前，她優雅
典禮進行，她散發淡淡的香氛

我到底喜不喜歡大自然，在山崖水涘大草原？
下雨了，我撐起大黑傘
天寒地凍，我躲進重屋、層樓、迴廊深處

你每每問起我那雙胞胎似的友人，哪兒去了？
酒宴時，他在別人的吆喝聲裡清醒
尋思那片刻（是長還是短呢？）

他在另一本辭海外徘徊

我喜歡這天地
因為有天、有地，所以有了這廣大的
間

33

撫觸靈魂　風的風衣

難道要我拋除我的風衣
十月的葫蘆才不會悶而聲希？

難道要我解下西裝
十二月的霜才願意偽裝月光？

難道要彈鬆我的三槍牌
三月的花才會紅的白的隨心開？

難道要卸完一整套皮囊
你才能聽清楚我靈魂的歌唱？

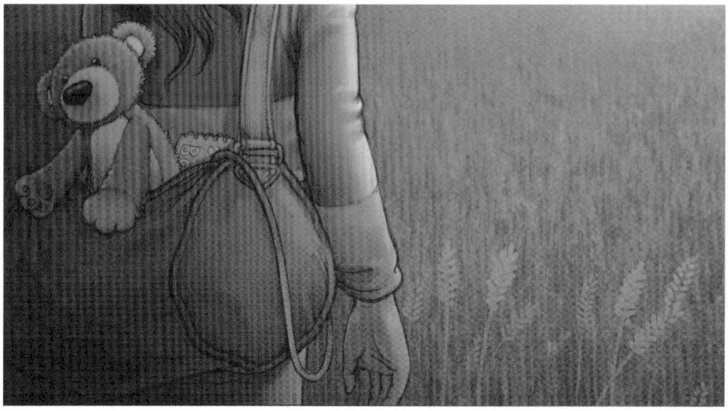

34

撫觸靈魂　風的風衣

曾經你呼嘯在你的馬背
馳過我的草原
曾經你英挺在雙峰駝的頸間
俯飲我的甘泉
曾經憑藉淡薄月色
窺看我的橘紅亭園

所以餵我一壺奶酪
差點擠垮你的帳篷、柵欄
所以送我一幅春江圖

35

撫觸靈魂　風的風衣

風，顯然愛上了風衣
春天他穿那件嫩綠的絲綢
興奮的林木，震動的嶺頭
冬天他穿著哲學家深色的玄
敞著領、敞著袖
讓思想有了蓮蓬頭的效果

風，顯然愛上了風衣
天地間穿梭，冰雪間穿梭
不是為了要避哪一方哪一帶哪一路的寒

不是因為「衣」寬大的「庇」可以蔽體
　沒人見過、觸摸過
　　他的身體

風，顯然愛上了風衣
夏天一來
他不理仲尼不理伏羲
推開了鋤頭、圓鍬和方鏟
浴乎沂，風乎舞雩
讓風衣休息

36

撫觸靈魂　風的風衣

風衣隨著風

極地裡不一定有極光
風衣隨著
赤道間都是火的親屬，遠房又遠房
風衣隨著

隨著風　上了閣樓
下了山谷
去到了十八層地下　室
來到了一絲不掛的　空

風衣　隨著風

隨著風成形、或者不成形
親過秦磚漢瓦
入了唐，進了宋
就是不繫縛風、不包裹風
不理用舍由時，只管行藏在我
隨我的　風

認了風，萬世行
任著風，萬里行
　　風衣終究有他自己的千秋

37

撫觸靈魂　風的風衣

沙與塵，跟霧露霜雪同飛
我們想也沒想過
萬物的落點幾曾厚於夕陽餘暉

八方的風怎麼吹
層雲、積雲就怎麼隨
人生優處能有多少項目可以積累

是元荽，餐桌上小開還是大開了脾胃
菖蒲加艾草的劍，又能斬除人間多少邪祟

被踩痛的腳，傷的趾甲灰了幾次還灰
開帘，你選擇了面對滿山翠微
為什麼我的人生
不能選擇三十歲的王維

38

撫觸靈魂　風的風衣

你曾經是我的渡客
我就一定要是你口不離手手不離口的酒囊？

水邊長的柳樹連手指手掌都低垂下放
火爐裡的騰焰
還是飛著數不清的星芒

我曾經是你內心的一念妄
你就應該是我西遊的唐三藏？

所有的馬都不該圈養
草，讓他長讓他長
最好是整個地球都是沒有柵欄的牧場

39

撫觸靈魂　風的風衣

山園角落的一顆鳳梨
誰也沒看見
連鳥也沒發現
他的香、他的甜

鳳梨的葉子這一片那一劍
太像了，太利了
誰也沒看見
連他自己也沒發現
他的香、他的甜

他就在某個角落

某個角落
也許就在園子正中央
沒被注意
就成為角落而偏遠

偏遠處：我在另一個角落
　　發現我
　香著鳳的香　甜著梨的甜

誰也沒看見
他也沒發現

40

撫觸靈魂　風的風衣

我從不記住
那些沮喪的、尖酸的、惡毒的話
總是摻和著昨夜茶渣
——啊，對不起茶渣
——他們曾經滋潤過粗糙、沙啞
壓實在盆栽底、籬笆下

明年開兩瓣
紫色的
無刺的花吧！

我的祈禱像五月的樹枝
昂揚向天，向過往的明神
我的祈禱虔誠向心
保留了茶渣殘存的香氛

41

撫觸靈魂　風的風衣

七世紀的他指著堅硬的山石發誓
十五世紀的他指著聖經發誓
二十一世紀的他指著鑽戒發誓

舊石器時代的你，選擇
柔軟的心臟
規律的頻率
與風一起　微笑

42

撫觸靈魂　風的風衣

我在南海為倏，你在北海為忽
那是生命本質的帝王渾沌

我去了北海，你忽而為倏
這是我們生命應有的歸宿

天地合而為渾沌
人間從此不需要盤古

SOUND

43

撫觸靈魂　風的風衣

一

覺時
覺他，多數的他
迷時
迷你，單一的你

迷你，如果真的只是 mini
覺迷一念間的一念應該更 mini

二

覺時
覺他，多數的他
迷時
迷你，單一的你

迷你時，你也覺得迷人
那就真的很迷人了！

44

撫觸靈魂　風的風衣

莊周說：道在螻蟻
在稊稗，在瓦甓
在屎溺
何處不可是
——他心中想的是你嗎？

仲尼離開北方的魯
過衛、過宋
過齊、過陳、南方的楚
十四年初老的年歲

——急急他要追尋的是你嗎？
急急，我的腦波
想要振動的那一雙翅膀呵！

45

撫觸靈魂　風的風衣

當世界保持原始的粗糙
我的心　何忍獨自細緻

過去的無量世　當你可以圓融面對
我會陸續回來，從八荒
七十二個方位
擦肩時也許只是一個微笑
靦腆或欣慰

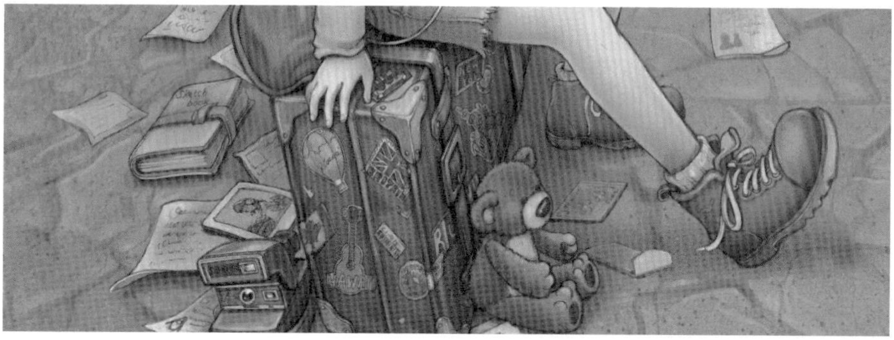

46

撫觸靈魂　風的風衣

不該午睡時午睡
做了一個充滿矛盾語法的夢

佛說：
放棄你對佛法的執著
你就成佛了！

47

撫觸靈魂　風的風衣

婚宴上
我親耳聽見
美麗的新娘說
「我是你唯一的新娘」

她講了三、四次
很誠懇

我覺得有一點悲哀
關於人與人
自己與自己的信賴

48

撫觸靈魂　風的風衣

鄭愁予之後
沒有人，真的沒有人
敢用　達達的馬蹄

遠方
馬還是在跑
舞還是在跳
跑過去的馬蹄
依舊有隱約的蹄聲

我們用什麼生存？
越來越稀薄的詞彙
我們用什麼溫存？
越來越稀薄的智慧

49

撫觸靈魂　風的風衣

現茲時，我的心細膩
猶如數算念珠一百八十回後
平靜的女子

依稀是這樣的風景，這樣的光影
依稀無法辨識：
將你換上藍布衫
你真的是你嗎？

你真的是你嗎？

將你換上坐騎
還是無法辨識：
還是相似的情意，相近的心境？

數算念珠後細膩的女子
現茲時，平靜的心沒有內建的游魚
沒有外來的投石

50

撫觸靈魂　風的風衣

剛吃粽子
就端午了

剛敲一個字
詩意就飄走了

剛說再會
思念就來了

剛聽到雷聲

閃電閃過去、迴轉就又回去了

剛剛你

就我了

51

撫觸靈魂　風的風衣

我不讓分心的枝枒
擋住光鮮的額頭
只讓自己的味覺
淡如秋菊一樣泛著霜夜的白
我不許貪心的花葉
蔓過帥氣的睫毛
只讓自己的聽力

辨得清茶氣沖開毛細孔的聲采

52

撫觸靈魂　風的風衣

不一定能在繽紛的萬蕊千花中辨認你
不一定能在喧嘩的繁音促節裡遇見你
不一定能在肅穆的讚嘆頌歌時唱和你

你是黑泥暗土下的種子
海之角天之涯殘存的蒼茫荒寂
你是十二泡之後的沖和
色澤古樸，兼且無聲而無息

終究我聞到了

檀木　紋理細緻
硬骨頭裡依稀的香氣

53

撫觸靈魂　風的風衣

這就是我的全部
那時你才走到第九十六本書的封底
這就是我的全部
攜手踏過「車像流水流水像年華」的街底
這就是我的全部
你去到我曾抵達的歲末年底
這就是我的全部

會不會我的全部逸失在你的心底？

54

撫觸靈魂　風的風衣

你詩中添加了許多……
戒疤式的疤點
戒疤式的戒記
塗塗抹抹，有時刪除有時擦拭

可以說或者不能說的
他者所不認識的玫瑰
或巧克力

讀者終於不認識了你
我們回收了瞭望的那顆心

55

撫觸靈魂　風的風衣

佛法行在陽光熾熱的沙漠
愛就會在八千里外潤澤心靈

愛發生在懸殊的年歲上
佛法才可能普渡眾生

佛在苦難叢生的地方
愛，適時適地密集思念中

愛請及時
佛曰不可說不可說

佛曰
不置可否出乎意外　才是常與正
佛又曰
愛，另有自己的軌轍與甦醒

56

撫觸靈魂　風的風衣

那穿黃襯衫的男子
走過天橋
行過小巷
跟一群鴿子說話
但不餵食穀粒
也不鼓勵餵食
只對一位陌生女子
展現微笑與溫暖
那女子面前
放著一只鋁製的碗
沒有飯粒黏著
一張紙鈔，三個鎳幣
那女子不笑，也不愁
有時搖一搖鋁碗

當作生命旅程的節奏
顯然不搭嘎
城市有城市的旋律

你想像
那穿黃襯衫的男子
走過天橋
行經小巷
溫暖來到你眼前
你確信眼前不是目前
是稍早以前
　或以後
你想像
那溫暖的陽光絲綢
就是未來的我
一定會漫步在雲端
然後走過你的窗口

57

撫觸靈魂 風的風衣

決定原諒那一枚落葉了

他飄離樹身而落地

那剎那，才二又二分之一秒

第一個一秒他想著：

三魂七魄會裂分成什麼樣的肉身？

第二個一秒他想的是：

業脈葉肉誰和誰還能連繫？

最後的半秒，他放棄思考

所以加快了速度

二分之一秒，安然落了地

還有三十年的日子
有人煩惱
如何將落葉的兩秒拉長為三十年
原諒呵！
同樣是二分之一秒那樣的剎那
我選擇原諒那一枚落葉

58

撫觸靈魂　風的風衣

願你永遠幼稚
相信彩虹
也相信青蛙
都有好聽的歌聲

祝你不用社會化
蚊子只想跟你遊戲
蟑螂的長鬚
可以在阿公手上
捻了又捻

阿公不氣，蟑螂也不生氣

祝願你　夢夢相隨

醒來美夢並蒂

不醒，還是在幸福的國土

享有橄欖枝、清淨水

59

撫觸靈魂 風的風衣

酒可以不喝
微醺，不能少

茶可以不飲
舌尖的甘醇不能消匿
舌下的津
不能是礁溪的礁
旱溪的旱

面可以不見

人可以不想
相思不能不飄飛相思雨

60

撫觸靈魂　風的風衣

有人問說
詩篇未成時
我的面目……
那風吹送的消息……

八萬四千眾之一
因此，我努力奔回三
努力奔回兩儀
我，努力尋找我的面目
奔回一

彼一時
空未成色
　色未成有
　　有未成形
　　　形未銷而骨未立

彼一時
口張著不成口的口
心想著不成心的心
詩，視之不見
與夷同夷，聽之不聞
與希同希
我，比搏之不得還希微
那時，我一口吸盡西江水

雖然
水還不足以稱為水
西也不是確認的方位
而後，我蹲了下來
成為萬法之一
　萬法之侶
成為風中最初的消息
與詩　消
與詩　息

不懂得尋找適合的韻腳
沒有面之情采、目之詩句
只憑靈與魂飛
無所鐐　也無所銬

61

撫觸靈魂　風的風衣

詩是武夷至尊
甘美從茶芽、茶葉、茶梗
不可知的這裏那裏
分離
不可知的 24 度 C，淺焙、中焙、重焙時
分離
一絲一絲分離　慢慢分離
一絲一絲化合　快速化合
那慢，迅雷不及掩耳
那快，如霧露之滲入莖脈
經年累月卻也無人察覺

寧靜十分
安定十分的你

你是淳醇的氤氳之韻
我是粗礪，磊磊的岩內之岩

62

撫觸靈魂　風的風衣

他咬之嚙之，不足
她又啃之
齧之
一堆
她　廢棄了
他　吐之而後快的
貧乏的語言殘渣

如何在渣滓裡
引出一涓清流
顫慄、滑溜的絲綢

任日月風雲縱橫
穿梭
任糟粕層層釀之
濾之？

你是詩，淳醇的甘美之韻
千咀百嚼千錘百鍊，我是言
　寧靜十分
　安定十分的你

你是淳醇的氤氳之韻
我是粗礪，磊磊的岩內之岩

63

撫觸靈魂　風的風衣

舌尖之於舌
無法以靈敏說服普羅大眾接受
你之於我
不會以素色的絲巾
單純的結
束縛靈敏的腦波
你是淳醇的詩，有滋有味裡有情有韻
我之於你，不會是一粒海裡的鹽

64

撫觸靈魂　風的風衣

我是一方絲巾
你會將我摺疊成四四方方的紳士
不提我的身世

或者繫在頸項間
想像蝴蝶翩翩
豢養，以經年的檀木香馨

65

撫觸靈魂　風的風衣

落地就生根的甘藷
不要以為她沒有鄉愁
不要以為她的鄉愁
只有近的彰化、遠的漳州
可以押韻的北斗或埤頭

落地就生根的甘藷
不要以為她沒有自己的鄉愁
她也繫掛朝雲和東坡
繫掛小小的心安處
小小可以「想」的家屋

Sound

66

撫觸靈魂　風的風衣

遠處，風的風衣輕輕飄著
雲瀑無聲，又彈起了新弧線
這山間，天地開闊
只有撞破寂寞
音樂才會那麼幾拍停在葉片間

夜晚來得早
月光鋪好一條思念小道
一念起，滴答不已

彷彿天外疏落幾聲松濤
隱約的曲徑
隱約的宋朝
不甚合時宜的誦詩聲如約而來
不甚驚不甚喜
露水靜靜濡濕山林

焦慮、恐懼和憤忿
應該有一方小小的安歇處

靈魂
我們輕輕撫觸

療癒系詩集 1

撫觸靈魂 風的風衣

Touching your Soul , the Windbreaker of the Wind

作　　者：蕭　蕭
繪圖畫家：北七強
編輯設計：許世賢
出 版 者：新世紀美學出版社
地　　址：台北市民族西路 76 巷 12 弄 10 號 1 樓
網　　站：www.dido-art.com
電　　話：02-28058657
郵政劃撥：50254486
戶　　名：天將神兵創意廣告有限公司
發行出品：天將神兵創意廣告有限公司
電　　話：02-28058657
地　　址：新北市淡水區沙崙路 25 巷 16 號 11 樓
網　　站：www.vitomagic.com
總 經 銷：旭昇圖書有限公司
電　　話：02-22451480
地　　址：新北市中和區中山路二段 352 號 2 樓
網　　站：www.ubooks.tw
初版日期：二〇一九年十月
定　　價：三二〇元

國家圖書館出版品預行編目（CIP）資料

撫觸靈魂　風的風衣 ： 蕭蕭詩集 ／ 詩：蕭蕭
圖：北七強. -- 初版. -- 臺北市 ： 新世紀美學,
2019.10　面 ； 公分. --
（療癒系詩集；1）ISBN 978-986-98345-0-6（平裝）
863.51　　108016616

新世紀美學